사막에서 열흘

| 시집을 내며 |

2016년 여름(6.24~7.4) 시인, 소설가 10명이 실크로드를 다녀왔다. 중국 서안에서 출발하여 난주, 돈황, 투루판, 우루무치까지 옛 대상들이 걷던 길을 따라가는 여정이었다. 이 시집은 그때 사막을 걸으며 보고 느꼈던 생각을 옮겨 적은 것이다.

실크로드 여행시집
사막에서 열흘

—

초판 1쇄 2017년 2월 15일
지은이 이상문·홍사성 외
펴낸이 김영재
펴낸곳 책만드는집

—

주소 서울 마포구 양화로3길 99 4층 (04022)
전화 3142-1585·6
팩스 336-8908
전자우편 chaekjip@naver.com
출판등록 1994년 1월 13일 제10-927호
ⓒ 이상문·홍사성 외, 2017

—

ISBN 978-89-7944-583-1 (03810)

●실크로드 여행 시집

사막에서 열흘

김금용   김영재

김지헌   김추인

윤 효   이 경

이경철   이상문

이 정   홍사성

책만드는집

| 차례 |

김지헌

김추인

윤효

이경

이경철

이상문

홍사성

이정

김금용

아쟁을 켠다
-오아시스 1

등 굽은 사막이 웅크린 채 아쟁을 켠다

홀로 깨어나 홀로 우는 아쟁 소리에 맞춰
사막여우의 슬프고도 지친 숨소리에 맞춰
황금 광야가 바람 소리를 보탠다
춤을 춘다

속도는 소용없는 단어
천천히
천천히 가자
동서남북이 필요 없는
시공간의 자유

남루하지 않다

홍류 가시꽃
-오아시스 2

하늘이건 땅이건
새 한 마리, 벌레 한 마리 보이지 않는
떠나면 아무도 돌아오지 못한다는
타클라마칸 사막,
한나라 궁녀 왕소군이 울며 들어섰던
동서 교통의 중심 옥문관이 모래성으로 날 맞는다

착각일까
모래바람 사이로 언뜻 보이는 붉은 기운,
목까지 치받히는 걸음으로 다가갈수록
독기 오른 가시가 성성한 잎 끝에 매달려
분홍 홍류꽃이 착시 현상을 일으킨다

42도 폭염에 둘러싸인 허허벌판에선
목까지 숨이 차오른 생명만이
살 자격 있다는 걸까
분홍 꽃 쌀 알갱이가 다닥다닥 입을 모아
내게 화두를 던진다
입안이 까끌하다

쿠무타거 사막의 일몰

-오아시스 3

해가 질 것 같지 않은 서쪽 끝
쿠무타거 사막 위로 뜨겁게 달궈진 해가 저문다
오렌지빛 히잡을 뒤집어쓴 하루가 무너져 내린다

둘러보아도 길이 보이지 않는다
새 한 마리 벌레 한 마리
살아 있는 건 아무것도 없다

문명이 사라진 무한한 경지 앞에서
시간과 공간이 함몰되는 모래 바다 앞에서
한 발자국도 나가지 못한 채 주저앉는다
우루무치 박물관에서 만난 미라 부부의 모습이 오버
랩 된다
눈썹 한 올 한 올 흩어지지 않은 채
생전의 모습 그대로 천 년을 거쳐 온 미라
맨살 지구 앞에서
혈관 하나하나 눈 뜨고
쿵쿵 심장이 뛰는 소리에 귀 기울인다
나는 살아 있는 모래 한 줌

뜨거운 숨을 길게 들이켠다

삶과 죽음을 다 묻어둔 사막의 일몰
그림자까지 붉고 깊다

낙타가시풀
-오아시스 4

목구멍 속까지 침이 말라버린

낙타 한 마리

낙타가시풀을 삼킨다

살아 있어야

사랑은 시작되는 것,

혀에 꽂힌 가시에 피 흘리면서도

모래 그늘 내려앉은 속눈썹 너머로

저편 오아시스를 찾는다

당신을 만났다

-오아시스 5

사막에서 당신을 만났다
살아 있는 생명체는 오직 나
나 혼자였던 사막 한가운데서
당신은 반전이었다

당신이 그렇게 귀를 세우고
향기로운 꽃빛을 하고
푸른 바다 냄새를 끌고
눈부시게 날 내려다보는 줄 몰랐다
아파트 동과 동 사이로 언뜻 보이던 하늘
길을 나설 때나 잠깐 보았던 하늘

어젯밤 꿈속에서 나는 고백하고 말았다
보고 싶다
알몸으로 안고 싶다
두 팔을 다 펼쳐 안아도 허전한 나,
당신에게 다가가는 길을 가르쳐달라
하늘과 닿은 지평선 길은 수천수만 개
그러나 도착은 한 곳일 터,

한마음으로 닿는 정점은
결국 혼자 걷지 않으면 찾을 수 없는 것,
이 비밀을 푸는 열쇠는 오직 하나
높디높은 하늘, 당신밖에는 길이 없다

당신을 부른다
사막 한복판에서

모래시계를 거꾸로 세운다
-오아시스 6

손가락 사이로 흩어지는 모래
한 주먹 움켜쥐어도 뿔뿔이 흩어지는 알갱이
따뜻한 살과 살이 서로 닿기는 하는 것인가
돌탑의 형체라도 남기는 하는 것인가
사람 사이엔 왜 끝이 난 뒤에도
버석거리는 소리만 시끄러울까
집에 돌아와 옷을 빨고 방을 닦아도
이 주머니 저 가방 속에서 튀어나오는 모래알
모래사막을 불태우던 장밋빛 노을처럼
포옹과 기쁨, 설렘만을 곁에 둘 순 없을까

밤새 가위에 눌려 끌려다닌 메마른 꿈
떠나간 이의 소리 없는 원망과 물음이
달팽이관과 뇌관을 긁어내린다
바람이 부는 방향으로
지나간 것은 가라 하고
보내는 법을 터득할 때,

모래시계를 다시 거꾸로 세운다
떠나기 좋은 새벽 다섯 시

진짜 부처
-오아시스 7

타클라마칸 사막 한가운데
맥적산 절벽과 돈황 막고굴에서 만난
부처는
금칠 은칠 한 벽화 다 뜯어 가도
이마에 박힌 화려한 보석 다 가져가도
깨진 코와 입술, 뭉개진 얼굴로
고개 숙인 채 귀를 열고 계신다

종루도 마당 한 평도 없이
토굴마저 허물어지는 사막 한가운데서
공즉색, 색즉공을 펼치는
다친 부처들

서울의 배부른 스님들이 신도들 앞세워
다친 부처상 앞에서 사진 찍자
코와 이마가 뭉개진 관음보살
눈 내리감은 채 묵상에 든다

대화
-오아시스 8

물을 찾아
푸른 그늘을 찾아
살아 있는 것들 모여든다

전갈 한 마리,
뱀과 사막여우 한 마리
긴장을 풀고
살아 있음에 눈빛을 반짝인다

몸으로
손과 발로
박수를 치며, 수다를 피우며

발자국이 묻힌다
-오아시스 9

민둥산 모래언덕에 둥근 발자국 하나 보인다 살아 있
는 발자국일 터, 살아 있어 반가운 발자국, 앞서 걸어간
그는 지금 어디 있는가 어디서 나를 기다리고 있는가

온 지구가 눈을 크게 뜨고 해와 대치하고 있는 이 헛헛
한 광야, 제 그림자밖에 거느리지 못한 모래밭에서 나는
앞서간 그의 발자국 자취를 찾아 걷고 또 걷는다 발이 푹
푹 빠져 걸어가기 이리 고단한데 기다려주지 않고 팔 뻗
쳐 내 손 잡아주지 않고 뒤 한번 돌아보지 않고 어디로
그리 가차 없이 떠났는가

앞서간 그의 발자국이 묻힌다
내 발자국도 묻힌다
움푹 파인 상처 구덩이 위로
옥도정기 빛 노을이 붉게 들어찬다
음울한 모래바람이
한 바퀴 돌고 간다
모든 물상을 집어삼키고 원형으로 돌려놓는
노을과 바람,

함께 묻힌다

어디에고 발자국은 없다

사이에 내가 서 있다

－오아시스 10

한낮 폭염 위에 선다
발가벗은 원시 지구에 들어선다

머리엔 우주를
발아랜 지구를 딛고 선
나는 소우주,
우주와 지구 사이에 내가 서 있다

엄마 자궁 속에서부터
본능적으로 익힌 내 질긴 생명,
탄생의 비밀을 마주하고 있는
동서 교류가 무너진 옥문관 잔재 더미에 서서
쉽게 끝낼 수 없는 내 생의 상형문자를
원시 지구 위에 새긴다
生의 깃발을 모래땅에 꽂는다
내가 없으면
이 거친 우주도 없을 터,

나는 생각을 지닌 소우주,
우주의 중심이다

김영재

도적

화염산에 올라가 뭘 했느냐 묻는다면

삼장법사와 손오공 친구 되어 노닐다가

불길 속 화염산 불화佛畵 훔쳐 왔다 말하겠네

아기 미라

실크로드 박물관에 강보에 싸인 아기 미라

유리관에 누운 모습 요람인 듯 평온하다

엄마는 비단길 가셨나 아기 혼자 잠들었네

씨 없는 포도

서역의 투루판에서 건포도를 먹었다

포도주가 될 수 없는 다디단 씨 없는 포도

씨앗이 없다는 것은 온 생을 다 준다는 것

사막을 건너는 법

사막을 건너려면 해골을 만나야 한다

해골은 죽은 자의 산 자를 위한 이정표

해골의 마른 눈물을 맛본 자만 살아남는다

움직이는 사막

-김추인 시인

사막은 그 자리에 있는 것만 아니다

있다가 사라지고 사라졌다 다시 온다

가슴에 사막을 품고 살아가는 시인이 있다

열반 부처

일만불一萬佛 친견하러 소적석산 찾아갔다

병영사 황토 절벽 굴에 갇힌 온갖 부처들

끝자리 맨발로 누워 있는 열반 부처 보았다

사막

당신이 사막이라면 풀 한 포기 가꾸지 마라

죽음을 生인 듯 껴안고 있음이여

죽음이 죽음을 견디며 생명을 잉태할 것이니

반야
-홍사성에게

돈황 야시장 노점에서 책 한 권 샀다

겉표지와 속표지에 '般若'라 적혀 있고

넘기는 책장 속에는 아무런 글자 없다

내가 사막에 온 것은

내가 사막에 온 것은 사막을 건너서

세상의 끝이 어디인지 알려고 온 것 아니다

사막의 사막 너머로 해가 지고 있기 때문이다

내 안의 사막

그대는 나에게 목마른 사막이었으니

어린 낙타 동무 삼아 물 한 통 가져가리

뭇별들 길을 감춰도 모래바람 헤쳐 가리

김지헌

울기 좋은 곳
-실크로드 1

몇 시간을 달렸는데도 여전히 검은 땅
어둠 속에서 피가 흘렀다
안경을 썼지만 온통 검은색의 협곡이 이어져
해가 황도를 지나는 동안에도
보이는 것, 만져지는 것조차 없는 계곡에
분명 피가 흐르고 있었다
이 검은 땅에도
살아 숨 쉬는 심장이 있다는 것
지키는 간수도 창살도 없는 감옥은 어쩌면
생을 리셋하기 가장 좋은 곳,
여기가 바로 연암이 찾아 헤매던
울기 좋은 곳인가
잠깐 헛디디면 천 길 벼랑으로 구를 수도 있는
삶이라는 구도의 길에서
나는 무엇에 매달려 여기까지 왔을까
길을 잃을까, 바닥에 닿을까 두려워
미로 속으로 뛰어들지도 못한 채
사는 일이 시들시들한 나이가 되어버렸다
풀 한 포기 없는 사막에도 생명의 피가 흐르듯

검은 땅 너머 홍유의 향기가 가득한 경계선 어디쯤
한바탕 우레 같은 울음을 쏟아내고 나면
나를 다시 찾을 수 있을까

위구르 남자
−실크로드 2

우루무치 박물관에서 만났다
삼천대천 파미르 고원을 넘나들던
사내 중의 사내
탈라스 전투에서 천하를 호령하다
귀향한 그 남자를
누군가의 연인이었을
눈이 깊은 그 남자를
이곳에서 만날 줄이야 …
종잇장처럼 가벼워진 그의 전 생애가
교하성 사막에 미라로 묻혀 있다가
어떤 연애사라도 필사하듯
지금 내 앞에 있구나
그대를 만나려고
시방 내가 이 서역 땅에 왔구나

타클라마칸
-실크로드 3

저 광막한 배경 앞에서는 영원도
찰나도 없다
최초와 최후가 만나 혼돈을 만들어내고
내가 나의 신이며 세상의 중심이 되는
타클라마칸에서는,

죽은 자들의 해골을 이정표 삼아
카라반의 꿈을 좇다 보면
세상의 몽상가들이 왜 이곳으로 모여드는지
알 것 같다
광대무변의 우주 밖으로 가볍게 환승하기 좋은
타클라마칸에서는,

한번 들어가면 나올 수 없다는 사막의 밤
혜초 스님 무장무장 길을 열어
눈물 같은 비문碑文만 들고 돌아오던
적막의 마침표 같은
타클라마칸에서는,

낙타는 왜 사막으로 갔을까
-실크로드 4

눈썹이 두 줄이다
명사산 모래바람을 견디기 위해
콧구멍을 닫는 특징도 가지고 있다던가
터벅터벅
관광객을 태우고 하루를 건너온 낙타들
지친 발바닥이 고비 사막 같다

거북등 손이 신문지 밖으로 나와 있다
시멘트 바닥 여기저기 짐짝처럼 부려져
절대 멸종되지 않을 도시의 낙타들이
모진 바람과 채찍에 길들어 비틀거리다 잠들어 있다
하나같이 발바닥이 넓고 두껍다

통로는 오로지 하늘뿐이어서
몇 날 몇 밤을 걷고 걷다가
한낮에도 어두운 방 안에서 온종일 시간을 퍼내거나
사막에 불시착한 별똥별과 통성기도를 올리다가
다시 노숙의 긴 잠 속을 통과하고 있을 것이다
오늘 밤 저 별들,

어떤 절망들을 단단히 움켜쥐고 놓아줄 생각이 없나
보다

영등포 쪽방촌에도 한쪽 다리를 절룩거리는 낙타가
바삐 오는 봄을 무표정하게 바라보고 있다

위구르 여인
-실크로드 5

고성 입구 좌판에서
위구르 여인을 만났다
수천 년 땅속에 있다 나온 그녀는
사막의 태양 아래 눈이 부신 듯
고개 숙인 채 합장하고 있다

오일장 서는 날이면
함지에 과일이나 묵은 나물
푸성귀들을 벌여놓고
머릿수건으로 연신 땀 씻으며 흥정하던
어머니 같은 여인을
서역 땅에서 만났다

흙먼지가 여기저기 남아 있는 그녀를
흥정 끝에 모셔 와 장식장에 앉혀놓고
한 번씩 서역에도 다녀오고
고향에도 다녀오고
사막 햇살에 포동포동 살 오른
투루판 포도밭에도 한 번씩 가본다

누란樓蘭*에서
─실크로드 6

누가 그녀의 고요를 깨뜨렸는가

4000년 전 사라진 누란 왕국
뜨거운 모래밭에 고이 잠든 그녀를 깨워
박물관 진열장에 유폐시키고 말았다니

죽음이 소멸이라면 그녀를
누란 땅에 안식하도록 두어야 했다
망각 속에 묻히도록 해야 했다

한 올 한 올 땋아 내린 머리칼과 오뚝한 콧날
한 지아비의 아내였을 누란 미녀를
적막의 땅에서 영원히 잠들도록
다시 모래 바다로 돌려보내야 했다
언젠가 태양 너머로 돌아갈 때까지

* Loulan. 이노우에 야스시의 소설 제목이기도 하며 현재의 중국 신강 위
  구르 자치구 타클라마칸 사막의 동쪽 끝 로프노르(방황하는 호수로 불렸던
  내륙호) 주변에 번영했던 고대 왕국. 본래는 크로라이나Kroraina를 국명으
  로 했다.

쌀죽 한 그릇
–실크로드 7

매일 아침 여행지의 호텔에서
흰 쌀죽을 먹었다
쌀죽이 있으니 얼마나 다행이냐고
그 힘으로 혜초의 발자취 따라 발을 옮기었다

세상으로 나아가라고
배탈이 날 때면
엄마가 끓여주던 흰 쌀죽 한 그릇
이국의 낯선 음식 앞에서 입 짧은 나에게
그래도 쌀죽이 있지 않으냐고
세상을 향해 등 떠민다
아무도 모르게 숨겨둔 비상금 같은
엄마의 쌀죽 한 그릇

천산산맥
–실크로드 8

달콤 쓸쓸한,
하얀 크리머가 가득 얹힌 카푸치노처럼

오아시스를 향해 달리며
속독했던
설산의 푸른 정수리
서쪽은 정말 세상의 끝일까
끝없이 서사로 이어지는 사막과 설산

긴 터널 지나면 너머의 삶에 다다르듯
그리운 것들은 언제나 너머에 있다
열매가 가득 달린 올리브나무 아래
한 천 년쯤
꽃 피고 지다 보면
언젠가 신화처럼 걸어 내려와
오래된 이야기 풀어놓을까

춤
-화염산火焰山

불꽃이 허공으로 솟구친다
파초부채*로도 끄지 못한 불길이
바람 앞의 춤사위인 양
활활 타오르고 있다

왕국은 멸망했다
천 년을 건너온 만다라의 그림들이
떨어져 나가고 눈알이 파이고

허물어진 성곽 아래
위구르 노인이 악기를 연주하고 있다
천불千佛이 잠들어 있는 폐허의 도시에서
'누구도 왕국의 비밀을 파헤치지 말라'
주술처럼 레와브**를 뜯고 있다

저 황홀恍惚,
한 판 춤이다

* 「서유기」에서 손오공이 철선공주에게 빌려 화염산의 불을 껐다는 부채.
** 위구르족의 전통 악기.

50

손톱을 깎다가

― 월아천月牙泉

손톱 초승달을 보다가
사막의 순례자를 떠올린다

죽음의 땅을 건너온 순례자들
어디에도 머물지 않는 제 곡조로
간절하게 꿇어앉아 두 손으로 받쳐 드는
묵상의 시간
바람이 만들어낸 빗살무늬 저 홀로
수천 년 역사책을 써내고 있는 명사산鳴砂山에서
저 모래톱을 숫눈인 양 걸어
처음 내게 오신 당신

달빛 아래 어린 물고기들
운우지정雲雨之情인 양
월아천을 흔들어놓는다

김추인

전생의 이력
–생명의 환幻

나 한때는 바싹 마른 가랑잎이었던 게다
혼자서도 중얼중얼 두런거리는 것이
밟히면 바스스 의식의 세포들 부스러지며
제 늑골 아래 울음을 숨기는 것이

나 한때는 한뎃잠 자는 노숙자였던 게다
집을 두어두고 떠도는 것이
누덕누덕 시간의 옷 있는 대로 걸치고
바람길을 따라 모래의 땅을 궁글어 다니는 것이
돌아갈 생각에도 귀가를 미루는 것이

나 한때는 개, 상갓집 개였던 게다
동쪽 구린내에 짖고
서쪽 흐린 물통을 엎어버리고 싶고
마음이 어린 비리고 떫은 것들을 찾아 울 것들을 찾아
짖을 것들을 찾아
선선히 웃어주는 것이
선선히 울어주는 것이

허공 속의 둥지를 꿈꾸는 나, 한때는 바람이었던 게다

바람의 춤으로 답하다

이레 낮밤을 떠돌아도

고비는 황톳길

스무 다리와 열 입을 모시고

화염 길을 떠돌다가

고비에서 타클라마칸으로 길을 트면

이윽고 양관, 누란 땅이다

홍유紅柳, 꽃빛도 사위는

옥문관 지나 거친 바람 속을 지나치려니

왕유가 팔을 들어 술을 권한다

그대여 이 한 잔의 술 더 들고 가시게

勸君更進一杯酒

양관 밖 서역으로 가면 뉘 있어 권하리

西出陽關無故人*

나 또한 바람을 불러 춤 한 자락

실어 보냈다

* 원이元二가 서역으로 발령을 받아 떠날 때 왕유가 쓴 이별가. 칠언절구 중
  끝 승구와 결구.

실크로드, 교하에서의 상념

낮은 땅 투루판의 교하,
고성古城의 황토벽에 기대어
지나가는 것들을 생각한다
슬그머니 왔다가 가는
숨 가쁘게 달리다 가는
왁자지껄 수선 떨다 가는

흐르는 것을 생각한다
변하는 것을 생각한다
잊히는 것을 생각한다

멀리 있는 꽃송이처럼 눈빛 쏠리는
별
저 개밥바라기에게
나는 한 생生 서걱이다 지나가는
모래의 꽃일까
도리질을 하거나 끄덕이거나
세상 모든 아침이 저마다의 아침이듯
세상의 모든 우리들은 저마다

'자기 앞의 생'

만년 설산의 눈발, 꽃잎처럼 날리겠다

모래의 서식지
-생명의 환幻

어디신가 그대의 거처는
사철 속도와 욕망이 돌아치는 불의 지대를 떠나온
여기가 거기인 것이냐

또 거기를 헤매던 내 역마의 바람이 분다
빛과 그늘이 갈라서는 경계에서
소리가 고요 쪽으로 기우는 경계에서
이동의 기류가 일어서고 있다
경사 이편에서 경사 저편으로
텅 비움으로 향한다는 그대의 거처가 궁금하다

한생을 발뒤꿈치쯤에서 푸석푸석 밟히었을 날이었을
그대의 고단한 생을 짐작해본다만

어디서 와서 훑고 긁고 씹히다가
어디로 떠나는 것인지 들판이 모래밭으로 넘어지고 있다
그대의 뿌리를 또 놓치고
어둑살 빠르게 내리는 공터에 서서 나,
그대의 향방을 가늠해보는 것은 원형질의 그리움 하나

못내 떨치지 못하는 것 아니겠더냐

함부로 지나간 시대의 발자국들

필사적으로 남아

이제나저제나 깨침 없는 어제의 삶에 묶여들 살아간
다만

모래의 근원이 어찌 이런 것뿐일 리야

제 안에 두고도 사무치는 내 유목遊牧의 만년 모래밭

모래 시간의 고집

내 앞에 흘러간다 잔잔해 보이지만
뒤에서 흘러간다 잔잔해 보이지만
멀리서 흘러간다 잔잔해 보이지만

송진내의 십 대의 이십 대의 분홍 살들
구불구불 섬진강을 끼고 돌아
매화마을도 잠깐
꽃내 땀내도 구른 만큼 낡아져서
흔들흔들 수많은 졸음들 싣고 흘러가는 이것
생의 터널은 너나없이 매복된 허방 같아
흐린 외등 하나 켜 들고 굉음으로 달려드는 이것
거대 소리의 난장으로
더듬더듬 시각장애의 찬송으로
일곱 량의 오늘이 덜커덩덜커덩 실려 가는 이것

퍼뜩퍼뜩 흘러간다 이것은
아릿아릿 흘러간다 이것은
마침표도 연결부호도 없이
얇아진 살갗이며 심화된 내 통점을 건들며

내장 지나 심장 지나 구름밭 지나
나를 치며 어르며 흘러가는 이것
모래의 시간이여 신기루여
그래도 다시 불러 세우고 싶은 저문 날의 삽화여
세상의 방금을 쓸고 또 흘러가는 저것
청동 물굽이 한 덩이
겁나게 흘러간다 잔잔해 보이지만

모래가 키우는 불

사막에 서면
고향 언덕 같아 주저앉고 싶다
끝도 없는 모랫벌
바람 치는 벌판이 내 속만 같아서
그 횡한 가슴 껴안고 싶다

혼자가 아니라도 홀로인 시간
죽을 만큼 쓸쓸해서
눈 뜰 씨알조차 없이 마르는 땅 있다
가시풀 음지의 살 틈에
전갈이나 키우는 불모의 땅 있다
사막의 정오
열사뿐인 모래의 불길 속을
막창자 꼬리까지 탱탱한 독을 뻗쳐 들고
전갈들이 질주한다
비로소 사막에 길이 난다

누가 알 것인가
내 열두 늑골 뗏장 밑에 엎드려

향방 없는 일상의 사막 가운데로
때 없이 날 내달리게 하는 독 푸른
전갈 한 마리를

멀어지는 풍경들의 시간
-생명의 환幻

무수한 알들이 모태母胎의 허공을 부유하고 있다

늘 처음인 세상에 그대와 나 따로 서서
제 걸어온 긴 시간의 얼굴을 내다보고 있다
모래 한 톨의 시간
모래 한 톨의 우주
모래 한 톨에 우주의 원형질이 다 들어 있다는
내 저무는 몸에 우주가 들어와 계시다는

　먼지와 개스의 별 하나를 위해 태양은 저를 태워 펄럭
이는 목숨들을 키우고 있다 별이 데위지고 별의 식솔들이
장안문에서 남문까지 낮은 지붕 아래서 알이 들고 있다
　그대로 해서 별들이 부딪고 섞고 물길을 쌓았고 그대
로 해서 강철의 겨울을 건너 꽃이 피는 것을 우주의 티끌
하나까지도 손길 보태고 있는 것을
　우리는 모두 님이라 당신이라
　나뭇잎 하나에게조차 누구냐 묻지 마라

흐르는 꽃이며 티끌이며

우리, 먼지의 걸음으로 팽창하는 우주를 걷는 중이다
걸어도 걸어도 멀어지는 별들이여 당신이여
구름으로 가는 것들과 부푸는 시간들 사이

나는 전향 중이다

꿈일런지 모른다
어쩌면 인간이 되고픈 외로운 포식자
모래밭 틈서리 전갈인지도 모른다
앞뒤 없이 내달리는 무모함 닮아 있다

어쩌면 긴 소파인지도 모른다
하얀 팬티 하나로 홀연히 잠든
그를 내려다보다 그만
품고 싶었는지도 모른다
한 생 죽살이치고 싶었을지도 모른다

내 만약 뱀이라면 전갈이라면 여우라면
세상의 미움 다 지고라도
세상의 허기 다 품고라도
꼬리 아홉을 거느리고
만년 모래밭인들 견디어 넘지 않으랴

그가 보고 싶다
맨 처음 내게

66

사람의 세상을 꿈꾸게 한 이
인간 전향의 꿈을 버리지 못하게 한 이

길 위에서 부활하다
─생명의 환幻

붉은 모래의 땅에는 서두르지 않는 목숨길이 있습니다

세상의 척박과 목마름, 제 가진 모든 모서리를 지운 채
죽은 풀 가지들이 체적體積을 줄인 공의 형상으로 구르고
구르는 사막의 표지 기호가 있습니다

풀 가지 늑골 틈새로 바람 피리를 불며 떠도는 음유의 시

제 몸에 예언을 새기고 떠도는 부활초,* 십 년도 백 년
도 어쩌면 천 년도 견디다 물을 만나 마른 몸을 푸르게
일으켜 세우는 풀, 눈이 부신데요 사람의 아들, 그분만
같은데요

저 홀로 구름이 되어 사막을 흐르는 풀이 있습니다
죽어도 죽을 수가 없는 바람 속의 미라가 있습니다

침묵하는 식물들의 진화는 늘 시끄러운 족속들의 탄
식보다 너그럽고 깊고 멀어 걸림이 없음을 알겠습니다
스스로 바퀴살로 굴러 구름의 길을 가는 풀이 있습니다

* 다년생 가시풀로 백 년 이상 바람에 구르다 비를 기다려 말라 죽은 줄기
  가 부활, 꽃이 피고 씨앗을 퍼뜨리는 풀.

고비 사막에서
－생명의 환幻

우리가 그곳에 당도했을 때 모래의 땅은
몇 개의 구름길을 허공에 걸어 달리라 했다

가도 가도 민둥산의 고비
돌무덤 지나
죽은 왕들의 계곡 지나
테무친이 지나가고 고선지가 지나갔을
길이 달린다
시간이 달린다
바람개비처럼 팔랑거리는 저
발긋발긋 달아오르는 아이들의 시간은

아직 오지 않은 실크로드의 천 년 후

아릿아릿 풋내 일구는 꿈의 시간들 봐봐
먼 그때도 사무치게 그리울 우리는 모두
구름길에 만난 그대의 당신

윤효

사막 1

"뭐하러 예까지 왔느냐?"

바람이 물었다.

"바짝바짝 타들어 가는 목을 축이러 왔습니다."

대답이 채 끝나기도 전에

신발 끈을 헤치고 내 발등을 나직이 쓰다듬는

손길이 있었다.

사막 2

분명 여기서부터 사막이라고 했다.

이상했다.

낯설지가 않았다.

오히려 낯이 익었다.

황야에서, 그동안 황량한 줄도 모르고 꾸역꾸역 살아
왔던 것이다.

사막 3

알겠다.

폐사지를
왜 가장 성스러운 절이라 하는지
이제
알겠다.

다만
너무 많은 말을 지껄여온 게
맘에 걸렸다.

사막 4

터벅터벅 명사산 모래 능선을 오르는 낙타 행렬 저 아래 홀로 꼼지락거리는 이가 있었다.

낙타 똥을 치우는 이라고 했다.

가까이 이르러 보니, 뜰채로 낙타의 눈물을 건져 올리고 있었다.

낙타 등에 올라탄 나의 찻값을 그분께서 치르고 있었다.

사막 5

거 왜 있잖은가, 사람이 만든 시간 단위 중에서 제일로 길다는 겁, 그 겁 말이야.

이번에 나는 용케도 그 겁을 보았네.

일 겁一劫이 막 완성되고 있더군.

땅이 하늘과 한 오라기 틈도 없이 만나고 있었어.

억겁 세월은 여전히 가늠이 안 되지만 일 겁의 시간만큼은 제대로 깨달았네.

사막 6

살아서 돌아오기 어려운 길이 있다는 사막 기슭에서

그를 만났다.

지는 해를 향해 걷고 있었다.

노을이 그의 뒤를 천천히 따르고 있었다.

오아시스 없는

미아리와 종로와 무교동과 서울역 앞을

걷고 또 걸었던

시인

金宗三.

사막 7

어느 여성 시인의 사막 예찬 끝에 한 남성 소설가가 말했다.

"남자의 가슴에도 사막이 있다."

이 탄식이 끝나기가 무섭게 한 여성 시인이 번쩍 손을 들었다.

"선생님, 그 말씀 제게 파시죠?"

즉석에서 10위안이 건네졌다.

....

헐값이었다.

사막 8

사막화가 진행되면서
생명 또한 모두 녹아버렸을 것이다.

녹아내리기 직전에
씨앗을 바람에게 맡겼을 것이다.

몇몇은 아직도
땅 위에 내리지 못했을 것이다.

좀 비켜서거라.
바람이 또 불어온다.

사막 9

사막이 답이다.

금수강산을

잔모래로,

갑甲도

을乙도

잔모래로,

가도 가도

평화롭게

가도 가도

잔모래로.

월아천

산맥 정수리 눈 더미는 바다가 그리웠습니다.

출렁이고 싶었습니다.

만년설로 묶여버린 게 그렇게 갑갑할 수가 없었습니다.

한 모금씩 땅 밑으로 스며 길을 내기 시작했습니다.

그렇게 한 뼘 한 뼘 바다로 가다가 모래들의 울음소리
를 들었습니다.

이번에는 모래들이 그렇게 걸릴 수가 없었습니다.

땅거미 기다려 살짝 내다보기로 하였습니다.

그러다가 붙들리고 말았습니다.

초사흘 초승달에 붙들리고 말았습니다.

낙타

명사산 발치 가득 철퍼덕 네 무릎을 꿇고 퍼질러 앉아
있는 무리 속에서 유독 그 자리 우뚝 서서 먼 하늘을 하
염없이 바라보는 낙타가 있었습니다.

오늘 밤 이 사막에도 달이 뜨고 별이 뜰 것입니다.

한 마리 낙타와 눈을 맞추기 위해 오늘 밤에도 달이 뜨
고 별이 뜰 것입니다.

천안千眼나무

돈황 막고굴 앞마당에는 아름드리 백양나무들이 줄지
어 서 있었습니다.

그 메마른 땅에 하나같이 우람하고 하나같이 장대하
였습니다.

하나같이 천 개의 눈을 부릅뜨고 있었습니다.

백여 년 전부터였다고 합니다.

벽화까지 뜯어 가는 약탈자들이 몇 차례 다녀간 뒤부
터였다고 합니다.

이경

월아천
-남자의 사막 1

초승달 같은 여자가 사막의 발등에 물을 길어 붓고 있다

천 년이 가는지 다시 만 년이 오는지 모르고

깊고도 푸른 젖줄을 풀어놓고 있다

사막을 사모해 설산을 뛰어내려 온 폭포들이

마침내 여기 와서 다 타버리는데

하늘이 달을 숨겨두고 가끔 보여주는 것처럼

사막은 팍팍한 가슴 깊은 곳에 월아천을 감춰놓고

구경꾼
-사막 1

낙타를 빌려 타고 사막을 구경했다

하이데거를 빌려 타고 서양철학을 구경하듯이

발자국 하나 남기지 않고 명사산을 돌아 나왔다

갑론을박 꼬리에 머리를 부딪는 낙타 행렬을 뒤따르
는데

사막이 말씀의 빗자루로 낙타 발자국들을 쓸어내고
있다

학문은 진리를 탐구한다지만 진리는

지식의 쓰레기 더미에 깔려 압사할 지경이다

사막은 깨끗이 쓸어놓은 화선지를 발밑에 깔아주며

맨 처음의 발자국을 찍어보라 하신다

돈황의 미소
-사막 2

문둥이 부처가 앉아 있더라
열 손가락 열 마디가 다 문드러지고
코도 입도 눈썹도 희미해져 눈알이 뽑혀 나가
문둥이가 된 부처가
아직도 미소 짓고 있더라
미소의 힘으로
사막의 가마솥에 팥죽을 끓이고 있더라

먹고 갈 사람 먹고 가고
놓고 갈 사람 놓고 가고
가져갈 사람 가져가시라
두 손바닥 들어 올려 펼쳐 보이시더라

한때 낙타를 타고 온 거상들이
금으로 옷을 입히고 눈에는 보물을 심고 가더니
세계의 도둑들이 와서 다 뜯어 갔다는데
보는 것만으로도 배가 부르는 돈황의 미소만은
아무도 가져가지 못하였더라

그리고 크게 울었다
-사막 3

아무것도 아니기 위하여
부모도 자식도 아내도 어미도 애인도 스승도 제자도
아니기 위하여
물론 시인도 아니기 위하여
아무것도 없는 사막을 아흐레 동안 떠돌았다
기차로 열한 시간 버스로 또 그만큼을
한사코 벌거벗으려는 산과
죽어가고 있는 산과 죽은 산과
무너지고 부서져 결국엔 드러누워 버린 산들을 보았다
풀 한 포기 얼씬 못 하게 하는
뜨거운 침묵을 보았다 그리고
크게 울었다

안녕, 나의 낙타
-사막 4

사막에 기차가 들어오면서
취업이 안 된 낙타들이 줄줄이 묶여 와
모래에 코를 박고 있다
몰이꾼의 명령에 무릎 꿇고 등을 낮춰
손님을 태우라면 태우고 서라면 서고 앞으로 가라면
갔다
나의 낙타도 그 속에 있다

낙타를 타는 날은
낙타의 사막 위에 나의 사막을 포개는 날이라
모래 진창 속으로 더 깊이 발목 빠져드는 것이지만
한 잎의 그늘조차 허락되지 않는 길
짐이라도 없다면 무슨 힘으로 모래산을 넘어가랴
짐은 곧 힘이요 한뎃잠의 숙소라

나는 기꺼이 즐거운 짐이 될 테니
너는 또 몰이꾼에게 석 대의 뺨을 내밀어라
가죽 장화에 정강이를 꿋꿋이 내어주며
사막 한가운데 우뚝 서라 나의 낙타여

무모하게라도 우리는 한번 진짜여야 하는 것을
안녕, 나의 낙타

다 어디 갔을까
-사막 5

왕비의 방은 비어 있더라
왕의 방도 비었더라
검은 복면을 하고 창을 든 병사들은 다 어디 갔을까
양고기를 굽던 요리사도 춤추던 무희도
설법하던 현장법사도 자리를 비웠더라
마른하늘에 벼락 같은 소금 볕이 쏟아지더라
날벌레 한 마리 울지 않는 교하고성 붉은 흙벽 앞에
나이를 알 수 없는 노인이 동전 통을 앞에 놓고
소년 시절에 배운 악기를 연주하고 있더라
그 소리를 들으면 사람과 용과 야차와 아수라가
자기도 알지 못하는 춤을 어울려 추게 되는
이상하고 신비한 음악이더라

사막은 어디서 울었나
―사막 6

중국산 백주의 깨끗한 울음을 받아 마시고

빈 술병처럼 우는 남자를 재우고

소나기같이 우는 여자를 달래고

사막은 혼자 어디서 울었나

백야의 누런 달이 지평선에 질 때까지

늑대같이 제 울음소리를 듣는 귀 큰 사내

타클라마칸

누란의 미인
-사막 7

여자가 누워 있다
패망한 나라의 국기같이 더는 펄럭이지 않는
여자는 죽은 듯이 살아 있거나
사는 듯이 죽어 있다
해처럼 솟은 이마 오만하게 오뚝한 코
푸르고 깊은 눈자위 흑요석 같은 눈동자가 있던 자리
부끄러움이 있던 자리 사랑스러움이 있던 자리
비밀한 약속이 있던 자리
욕망이 질투가 애증이 있던 자리
권력같이 썩기 쉬운 아름다움이 있던 자리
길고 늘씬한 다리 섹시한 갈비뼈
금방이라도 비파 소리가 날 듯 섬세한 손가락
더는 상할 것이 없이 보관된 사랑이 누워 있다
보라, 누란樓蘭이라는 국가는 없고
누란累卵을 부르는 미인이 있다
층층이 쌓아놓은 알처럼 위태로운 아름다움이 있다
그것도 오래전에 쏟아져 다 깨져버렸거나
한꺼번에 부화하여 날아가 버린

미라
-사막 8

당신을 보게 되어서 미안합니다

물론 당신 뜻은 아니겠지만

물과 불과 흙과 바람으로

제때에 분리수거되지 못한 이유로

유리관 속에 마른 명태처럼 갇혀

이런 수모를 견디시다니요

위구르 박물관 2층 유물 전시관

출연료는 제대로 받고 계신지

당신의 바깥
-남자의 사막 2

나는 당신 얼굴을 모릅니다
내가 당신 바깥으로 나와서 당신 얼굴을 보기 위해 눈
을 떴을 때
당신이 없었습니다

나는 찾아 헤맸습니다
연약한 입술과 작은 손으로 그리고 겁 많은 울음으로
더듬었습니다
모래 섞인 밥같이
울음 섞인 젖을 빨았습니다

그러나 그것은 당신 것이 아니라
이웃집 처녀의 젖이었습니다
나는 젖이 나오지 않는 처녀의 젖꼭지를 피가 나도록
빨았습니다
처음으로 한 여자를 나 때문에 울게 했습니다

나는 당신 얼굴을 모르지만
숨소리를 압니다

숨소리의 한 자락이 작은 시내처럼 흥얼거리던 노래
를 압니다
　당신 몸에서 나던 목단꽃같이 들치근한 단내를 압니
다 여인이여
　내게 몸을 빌려주고 젖을 주지 않은
　매정한 여인이여

이경철

사막 눈물
-명사산鳴砂山 월아천月牙泉

우는 것이냐, 온몸 바스러트리며 눈물짓는 것이냐.

울어 또 어느 생명 목 축여 염천炎天의 이 세상 건너라고

사막은 이리 푸른 샘 하나 파놓고 있는 것이더냐.

내 동생 아장살이
─사막 속 아기 미라

울 엄만 김매러 밭에 나가고 해 길다 뻐꾸긴 뻐꾹뻐꾹
울어쌓고 갓난쟁이 내 동생 젖 달라 울어대며 새알만 한
풋감자 꾸역꾸역 먹다가 그만 컥, 컥 숨넘어가 죽은 보릿
고개 오가리에 넣어 돌무더기 쌓아 밭머리에 자장자장
아장살이 지냈는데 그 뒤론 뻐꾸기 소리마다 형아 형아
부르며 울어쌓았는데 오늘은 해 어스름 서역 만리 소금
사막 강보에 쌓여 반백의 이 누추함만 쿙하게 쳐다보고
있느뇨.

화염산火焰山 천불동千佛洞

풀이며 나무며 사는 것마저 추접다 다 태워버리고
가부좌 튼 채 소신불燒身佛 돼가는 화염산

살과 뼈 활활 태워
닿을 수 없는 그리움도 활활 태워
불꽃무늬 장엄하며 스스로 부처 돼가고 있는데

무어라 사람들은 이 화염산 소신불 복장을 뚫어가며
서늘한 동굴 속에 부처님들 장엄莊嚴하려 하는가
타오르는 저 불꽃 봉우리들 그대로 다 천불동인 것을.

천수시天水市 복희씨伏羲氏

탑골 공원 낙원상가 사잇길에 탑골이란 술집 있었는데 가난한 시인 화가들 밤새도록 술 마시며 낙원 같은 세상 혁명 모의했었는데 외상술 마다 않고 공짜 안주 잘 주던 복희 씨란 처녀 주모 있어 살판났었는데 탑골도 문 닫고 복희 씨도 사라진 세상 혁명도 사랑도 안 되는 신자유주의 일색인데 서역 관문 돈황 고비 사막 가는 길 한밤중에 인류 문명 시조 복희씨 고향이라는 천수시 들렀는데 깜깜한 밤하늘에서 떨어지는 흰 강줄기 일필휘지로 천지와 밤낮과 음양을 나누며 태극 문양으로 휘돌아 흐르는데 속만 타는 이 세상 개벽하라 새 문명 열라 부추기고 있는데 이국의 낯선 술집 찾아들어 독하디독한 백주만 마셔가며 복희 씨, 복희 씨만 찾고 있는 정처 없는 이 나그네 신유목 세상이여.

황하삼협 병령사 와불黃河三峽 炳靈寺 臥佛

－서정주 시 「황혼길」에 부쳐

황하 상류 협곡 깎아지른 봉우리들
억겁의 바람 자락 봉봉에 부처님 새기며
황하문명 너머 인간 세상 너머
이 순간에도 화엄 세상 펼치고 있는데

사람들은 깎아지른 절벽에 천 년간 굴을 파
십만 부처 새긴다며 병령사 지어놓았는데
거기 부처님 한 분 비스듬히 누워 계시네

낮잠에 드신 걸까, 열반에 드신 걸까
묻고 물어보는 우리들에게
아서라, 관둬라 하시며
넌지시 웃음만 흘리시네

"새우마냥 허리 오그리고
뉘엿뉘엿 저무는 황혼을
언덕 너머 딸네 집에 가듯이
나도 인제는 잠이나 들까."

서정주 시 따라 나도 인제는 잠에나 들어볼까
소태같이 쓰디쓴 삶 온화하게
저 와불 옆에 누여나 볼까 스르르 눈 감는 찰나

죽비처럼 내리치는 아서라, 관둬라
소태같이 쓰리고 아린 그리움이 열반이니.

천산북로天山北路

　뒤돌아보고 떠나온 하늘산 만년설 덮인 봉우리 되돌
아보며 눈처럼 흰 옷 입은 무리들 아득한 길 떠나고 이
사막 저 초원 길 좁히며 비단과 유리 보석 나르는 낙타와
카라반 무리들 오고 가고 내달리는 말발굽 소리 창칼 부
닥치는 소리들 지나가고 천산산맥 사이 기나긴 회랑 빠
져나가는 바람은 풍력발전기 바람개비로 돌아가고 저 하
늘산 시원始原으로 가는 고속화도로 주마간산走馬看山 차
창엔 시도 때도 없는 상념들만 내달리고.

천산 천지天山 天池 야생화

옛날 옛적 성처녀 마고 아씨 하얀 고깔 쓰고 색동저고리 물빛 치마 입고 춤추면 춤사위마다 하늘엔 해와 달과 별도 낳고 땅에는 아들딸 낳고 들짐승 날짐승 낳고 나무와 풀과 꽃도 낳았나니 삼라만상 다 낳아놓고 흰 버선발 살포시 들어 올렸다 내리며 하얀 만년설인 천하제일 이 천산과 천지 낳았나니 뭇 생명 그렇게 한 태생이니 서로 먹고 먹히지 않고 이슬 지유地乳만 어미젖으로 먹고 살며 천수天壽를 누리는 성 마고 시절 예 있나니.

케이블카 타고 지팡이 짚고 오르고 오른 천산 등성이 등성이마다 부는 바람에 아! 하고 탄성을 지르는 저 눈곱만 한 꽃, 꽃들 제 스스로 피어나 웃음 지으며 고산지대 짧은 봄여름 본디 생명 구가하고 있는 지천으로 가득한 저 야생화들 바람에 꽃 이파리들 비비며 그 시절 본디로 돌아가라 복본復本, 복본 하늘거리고 있네.

비천녀飛天女 고향 돈황

　왕방울 눈 부릅뜬 사천왕에게 청정한 세상 더럽혔다
몸뚱이 바스러지게 짓밟히면서도 그런 그대마저 유혹하
고 말겠다며 요염하게 눈 흘기고 있는 선암사 천왕문 요
부 딴 남자와 정분나 달아났다 대웅전 처마 치켜드는 벌
받으면서도 알몸으로 하늘땅 사방을 유혹하고 있는 전
등사 대웅전 처마 밑 네 귀퉁이 요부.

　어찌해볼 수도 없고 끌 수도 없는 욕정에 천형을 앓고
있는 마음들 애처로운데ㅡ

　저기 저, 저것 좀 보아! 이글거리는 사막 속 오아시스
도시 돈황 곳곳에서 보란 듯 육감적인 알몸 반투명 실크
자락으로 살짝 감싸고 하늘을 날아오르는 저 요부들 좀
보아 대명천지에 타오르는 오르가슴 열락悅樂의 하늘을
보란 듯 날고 있는 저 비천녀들 좀 보아.

훼불毀佛이냐 보시布施냐

떠오르는 햇살 받아 찬란한 화엄 세상 열려는 금불상 금 다 뜯기고 손가락 발가락 몸마저 뜯겨 가 그런 짓 한 이교도 서양인 도둑놈들 욕설이 절로 나와도 묵묵부답 뜻 모를 눈웃음만 짓고 있는데

실크로드 석굴 속 훼손된 부처님들 볼 때마다 마을 잔 칫집 부엌일 추렴할 때 이 눈치 저 눈치 봐가며 행주에 먹을 것 감춰다 힐끔힐끔 주던 엄마, 어릴 적 울 엄마 짠 하게 떠오르는데

그게 부끄러웠던 어릴 적 나는, 도둑놈에게 제 살 떼어 먹여주는 부처님 보시도 아직 모르는 나는.

타클라마칸 사막 노을

울 엄마 기다리던 아버지 손 잡고 넘어가는 길
물 한 모금 풀 한 포기 없이 바람만이 가는 길

임종 못 한 이 아들 앞가슴 후비는 바람이 되어
서걱서걱 넘는 모래 고개 연연한 능선 자락마다

하, 붉다 하늘이며 산맥이며 사막이며 구분 없이
뒤늦게야 피눈물 삼키는 이 회한의 혈육들이여.

이상문

본다

없는 길을 간 사람들은 시방 없다.
서력기원전 7세기부터 어림하여 4백 년간
화염보다 더 뜨거운 욕망으로 찍어댄 화인 같은 발자
국들도 당연히 없다.
그저 '사막의 꽃', 붉은 꽃송이들이 기억으로 송이송이
피었다.

물 냄새를 톺아서 구만리장천을 머리에 인 채
그믐밤 같은 어둠 속을 서역 땅에서 온 소식이
남겨놓은 가필라 성의 왕자는 있다.
여기저기 흙으로 돌로 깨지고 씻긴 끝에 굴들 속에
누워 있고 앉아 있다. 도적맞아 빈자리로도 있다.

욕망을 산처럼 부풀리고 안녕을 돌성처럼 믿었던
혼몽에 기대어 살았던 사람들의 말을 왕자는
천 년을 숨어 있다가 삼엄한 경비 속에서 전한다.

사람들의 길은 결국 없다.
내 손안에도 없다.

욕망의 길만 있다.

아스팔트 찻길과 무너진 토담들이, 흙굴 속의 사람들이
　소리를 지르며 달리는 밤 열차와 두 눈에 불을 켜고 달
리는 관광버스를
　욕망으로 한껏 부풀어 오른, 이것들을 본다. 박물관 속
뜨거운
　전등 불빛 속에 누워 있는 미라들도 문이 닫힌 뒤에는
　일어서서 본다. 빈손을 본다.

돌아보니
헐떡이며 찍고 온 내 발자국들 흔적도 없다.

우루무치 호텔, 한밤중

술 취해 빠진 잠 수렁에서 불현듯
방을 잃고 길을 잃고
한밤중 우루무치 호텔 10층 복도를 벌거숭이로
헤매는 사내 하나,

기어이 다 주겠다고 덤비는 욕정으로 달뜬
아낙 같은 엘리베이터 품으로
문득 빨려들었어. 아, 천 년 더 너머의 깊이로
아득히 가라앉아,

길섶 없는 길을 지고 이고 갔던 사람들을
만났다 했다지.

사막을 지키는 어둠에서 달아난 식은 바람이 흔들어
잠을 깨웠고
다가오는 발자국 소리들, 혹은 멀어지는 말소리들
들었다 했다지.

용써서 비단 팔아 용고기 배 터지게 먹고 용 됐다는 그들.

욕정에 묶여 아직껏 저승의 문턱 넘지 못한
마저 죽지도 못한 미라 꼴이었다지.

다시 유혹에 불려 나가
뜬소문처럼 가고 가는 청맹과니의 비단길
한밤중.

홍사성

맥적산에서 한 소식
−실크로드 시편 1

잘나간다고 으스대지 말고

예쁘다고 너무 요란 떨지 말 것

질투나 오해에 걸리면 팔다리 부러지고

심하면 눈알까지 뽑히는 일 숱하다

이 지옥은 맥적산 불보살도 못 피했는데

사람이야 더 말해 무엇하겠는가

사막의 달
─실크로드 시편 2

밤 기차로 난주에서 하서회랑 거쳐 돈황 가는 길 무위 어디쯤부터 노랗게 눈 뜬 사막의 달이 반가운 얼굴로 뒤따라왔다

옛 대상들도 낙타 방울 소리 들으며 후덥지근한 이 길 밤새도록 걸었을 거라며 앞서거니 뒤서거니 길 잡아주며 따라왔다

그러나 새벽이 밝아오자 사막의 달은 이제 헤어질 때 됐다는 듯 서역 하늘 가득 그리움 같은 달빛만 남기고 사라졌다

우리 만남은 진사겁塵沙劫의 인연, 가는 길 달라도 다시 못 만나더라도 저 달 보면 서로 그리워하자던 그 친구 닮은 달이었다

양관陽關에서 묻다
-실크로드 시편 3

오천축五天竺, 거기까지 다녀오려면
사막을 건너고
설산을 넘고
태풍과 모래바람을 견디고
손오공처럼 온갖 요괴와 싸워 이겨야 한다

먼 옛날
동진의 법현은 낙타 타고 갔다 배 타고 돌아왔고
당나라 현장은 낙타 타고 갔다 낙타 나고 돌아왔고
그 후배 의정은 배 타고 갔다 배 타고 돌아왔고
신라의 의상은 배 타고 갔다 낙타 타고 돌아왔다

그런데 그대는
어떻게 갔다 어떻게 돌아오려는가
왜 만 리도 더 먼 천축으로 꼭 가고자 하는가
누가 기다리고 있는가 다녀오면 무슨 영광이 있는가
안 가면 큰일이라도 생기는가

여기서부터는

겁 많고 궁둥이 무겁고
발바닥에 상처 난 사람은 걸어갈 길이 없다
지금이라도 돌아서는 게 백세 천세 오래 사는 길이다
그래도 가겠는가, 정말 떠나겠는가

덜 된 부처

-실크로드 시편 4

실크로드 길목 난주 병령사 14호 석굴입니다

눈도 코도 입도 귀도 없이 겨우 형체만 갖춘
만들다 만 덜 된 불상이 있습니다

다 된 부처는 더 될 게 없지만
덜 된 부처는 덜 돼서 될 게 더 많아 보였습니다

그 앞에 서니 나도 덩달아 부끄럽지 않았습니다

명사산 낙타
-실크로드 시편 5

우적우적 여물 몇 입 씹다가
일어서야 한다
무릎 꿇고

툴, 툴, 투루룩, 콧김 내뿜으며
걸어야 한다
하루 종일

코뚜레 뚫려
등짐 지는 일은
벗어 던질 수 없는 낙타의 멍에

견뎌야 한다
사는 날까지
젖 먹던 힘 다해 큰 눈 껌벅이며

막고굴 방문기
—실크로드 시편 6

여기서는
불모佛母의 손이 닿기만 하면
흙도 부처 되고
나무도 부처 되고
돌도 쇠도 다 부처 되었다 한다

아직 부처 못 된 건
부처의 형상을 한 인간뿐이라 한다

낙타, 가시나무를 씹다
−실크로드 시편 7

온몸 가시뿐인 낙타가시나무
그 푸른 가시에 찔려
입속, 피 흥건하게 고이도록 가시나무 씹는
눈물 그렁한 쌍봉낙타

뜨거운 태양 눈 못 뜨게 하는 모래바람
죽을 것 같은 목마름은 방법이 없다
제 피 마셔 목 축여야 한다
먼 고비 사막 건너려면

왜 가야 하는지는 묻지 마라
하루 종일 방울 소리 들으며 걸어야 하는
사막의 길은 너의 운명
오늘도 너는 그 길 가야 한다

슬픔 따위는 모른 척
투레질 뒷발질하는 눈망울 순한 낙타,
그대

투루판
-실크로드 시편 8

해발 마이너스 154미터
연간 강수량 30밀리
여름 평균기온 54도

그동안 나는 불평이 너무 많았다

교하고성 交河古城 에서
-실크로드 시편 9

집은 땅 위에만 짓는 줄 알았다

성은 반드시 돌로 쌓는 것인 줄 알았다

40도가 넘으면 사람이 못 사는 줄 알았다

지상에는 종교가 하나밖에 없는 줄 알았다

사랑은 잘생긴 사람들만 하는 줄 알았다

못난 인생은 인생도 아닌 줄 알았다

무너지면 역사가 아닌 줄 알았다

정말 다 그런 줄 알았다

누란 왕비와 하룻밤
-실크로드 시편 10

우루무치 신강자치구 박물관 2층
미라들만 모아놓은 고시古屍 전시실
하얀 조명 속에 누워 있는
'누란의 미녀' 보고 온 날 밤이었다
붉은 머리카락 갈변한
키 152센티 혈액형 O형 나이 45세
유럽 출신 누란 왕국 풍염한 왕비가
한밤중 몰래 찾아왔다
3800년 전 모래언덕이 노을에 물들 때
왕국의 몰락과 함께 묻힌 그녀는
아름다움 뽐낼 때 쓰는 깃털 모자와
올 성근 마麻 바지에 비단 신발을 신은 채였다
죽어서도 썩지 못한 왕비는 그날 밤
이제야 못다 한 말 들어줄 사람 만났다는 듯
몽유병 같은 사랑 이야기로 밤새
사막의 밤을 잠 못 자게 보채는 것이었다

이정

고비 사막의 밤

열차가 하서회랑河西回廊의 길고 긴 어둠 속을 달리고 있다. 사성·효·경철 형들이 열차 창가의 테이블에 둘러앉아 술잔을 돌리는 참이다. 나는 거기서 막 위층 침대로 올라와 누웠다. 잠이 올 턱이 없다. 나도 낭만적이며 감성적인 분위기를 은근히 즐기는 편이다. 그런 천성 때문에 손해 보는 게 많다고 종종 후회할 정도로. 술이 술을 먹을 시간에 술자리를 뜨는 건 내 딴엔 힘겨운 선택이었다. 하지만 다들 취할 때 누군가 한 사람은 정신줄을 놓지 말아야 한다. 그 한 사람은 열 명 일행 중 나일 수밖에 없다. 문단에서 일가를 이룬 선배들 틈에 벌레 먹은 밤톨처럼 낀 까닭이다.

"와아! 저 달 좀 봐요."

효 형의 탄성을 듣고 나는 눈을 번쩍 뜬다. 설마 다른 사람도 아닌, 고등학교 교장을 지낸 효 형이 빈말을 하는 건 아니겠지? 오래전 일이다. 영재·사성 형과 함께 장백폭포 밑 호텔에서 하룻밤 머문 적이 있다. 두 형이 영하 35도에 이르는 눈 속을 헤매다 돌아왔다. 자는 놈한텐 별이 없다, 라고 뜬금없는 말을 하며 내 엉덩이를 걷어찬 건 그 직후였다. 나를 깨워 술을 먹이려는 수작으로 여겼다. 한

번 더 차이고 나서야 나는 눈 비비며 일어나 창문을 열었다. 세상의 모든 별이 다 백두산 위에 모여 있었다. 그래서 서울서 별 보기가 어려웠구나, 깨달았다. 그 밤을 떠올리며 나는 슬그머니 윗몸을 일으켜 창에 얼굴을 디민다. 반달에 조금 못 미치는 상현달이 고비 사막 지평선의 두 뼘쯤 높이에 떠오르고 있다. 우리의 여류 시인 일행인 추인·금용·경·지헌 형들의 앞가슴에 매달려 한 시절 사내들의 타는 가슴을 더욱 타게 했을 법한 브로치처럼 금빛이 찬란하다. 지구에 불시착한 달이 막 떠나려는 현장이 이럴까. 끈질기게 따라오던 치롄 산맥은 어둠에 묻혔다.

"야는 어디 갔어?"

사성 형이 내가 없어진 걸 이제야 발견한 모양이다. 나는 침대로 올라올 때 본 손목시계를 다시 들여다본다. 야광 숫자판이 여전히 오전 1시 부근에 머물러 있다. 오후 6시 무렵에 란저우蘭州에서 열차를 탔다. 목적지 둔황敦煌까지는 절반 조금 더 왔을 것이다. 해가 기운 시각으로 따지면 사실 지금은 초저녁에 가깝다. 미국은 동단과 서단의 시차가 네 시간이나 난다. 중국은 미국 땅보다 크면서 북경시를 일률적으로 적용한다. 도로 내려갈까? 하지만 나는 아랫것의 도리를 되새긴다. 눈을 감고 다시 취침 모드로 돌아간다.

"저라도 술을 아끼는 갸륵한 인간이 되어보겠다?"

사성 형이 스스로 대답한다. 효 형이나 경철 형이 내가 있는 위층 침대를 향해 눈짓을 했을 것이다. 형은 남에게 이익이 되는 선택을 잘한다. 결국은 그게 스스로에게도 이익이 된다는 도리를 일찌감치 터득했을 것이다. 그래서 용서가 안 되는 짓을 어쩔 수 없이 용서한다는, 후배에 대한 도타운 구실을 찾아냈으리라. 하긴 술도 넉넉지 않다. 나는 란저우 역에서 공동 경비로 42도짜리 백주 네 병을 현지 가이드에게 사도록 했고, 두 병만 술자리에 내놓았다. 나머지 두 병은 예비용으로 배낭 속에 숨겼다. 그걸 아는 효 형이 내가 담배 피우러 화장실에 간 사이에 내놓았다. 일행의 성화에 못 견뎠을 것이다. 영재 형은 그 독한 술을 혼자서 한 병쯤 마셨다.

"넌 선배를 어떻게 알아? 나는 괜찮아. 그런데 상문이까지 이렇게 대접하냐? 너, 많이 컸어."

형은 내게 투정을 부렸다. 형들 마음대로 나를 탐사대장이라느니 하는 말로 과대 포장 해놓고 마음에 안 들면 그런 말 다 잊고 가차 없이 까는 행태였다. 우리 일행은 4인용 침대칸 표를 끊었다. 남자 여섯, 여자 넷이 세 칸에 나눠 들었다. 남자 두 명은 다른 승객과 함께 탈 수밖에 없었다. 그게 공교롭게도 상문 · 영재 형이다. 영재 형은 그 칸에 배정된 걸 무척 불만스러워하는 것이다. 우리는 술을 마시다 말고 줄줄이 그 칸으로 가보았다. 형의 침대

건너편 2층짜리 침대 두 개에 아주 뚱뚱한 50대와 20대의 중국인 부자父子가 침대에 꽉 차게 앉아 있었다. 아들은 백 몇십 킬로는 나갈 듯했다. 등산으로 다져 북어포처럼 깡마른 영재 형으로서는 답답함을 느꼈을 성싶었다. 분위기 있게 취하며 형의 어디에 저런 눈이 숨어 있을까 의구심이 드는 특별하고 낯선 언어로 시상을 가다듬고 싶은 마음이 허망하게 무너졌으리라. 술자리에 끼지 않은 상문 형은 그 칸의 위층에서 눈을 붙이고 있었다. 형은 영재 형의 불평에 맞장구쳤다. 하지만 건성으로 하는 말임을 우리는 다 알았다. 속으론 그 칸에서 쉬는 걸 선호하는 눈치였다. 형은 여행 나흘째인 오늘까지 알코올을 탐닉하는 입술을 수수방관했다. 더구나 어제는 병영사炳靈寺 석굴에 다녀오는 차 안에서 선 채로 종이의 역사에 대해서 열강을 했다. 실크로드가 아니라 페이퍼로드에 왔다고 착각이 들 정도로. 일흔 해쯤 써먹은 몸이 제발 쉬자, 인간아, 라면서 개탄하지 않았을 턱이 없다. 여행은 이제 중반에 접어든다. 앞으로 닷새 더 이 땡볕의 사막을 헤매야 한다. 영재 형은 20분 전쯤 사막을 홀로 걸어와 지친 사람의 표정을 하고 자기 칸으로 돌아갔다. 어떻게든 형을 일으켜 세우려고 혼신의 힘을 다하던 몸속의 초병들이 끝내 뻗었을 것이다.

"달은 불을 끄고 봐야 돼."

139

효 형이 분위기를 잡는다.

"암, 고럼, 고럼."

그런 감성이 아직 남아 있을까 싶은 사성 형이 누가 보더라도 그런 감성이 철철 넘치는 경철 형과 함께 효 형에게 흔쾌히 동의한다. 작가는 모름지기 안 보이는 것들을 찾아서 보여주는 사람이 되어야 한다고 했던가?

객실 등이 꺼지고 술병 마개에 따라 마시는 술자리가 다시 활기를 띤다. 효 형이 스마트폰에 저장한 7080을 튼다. 장사익의 절창 〈찔레꽃〉을 누르는 일행의 합창이 객실을 채운다. 장사익의 고음을 따라가려니 꽥꽥 올무에 걸린 멧돼지 소리가 간간이 터진다. 체면, 신분, 염치 따위 뒤에 숨은 본능을 고스란히 드러낸다. 오랫동안 이날을 기다려온 것처럼 세파에 시달린 영혼이 본능과 교감을 나누는 시간 속으로 끌려들어 가는 것이다. 옆 칸에는 추인 형 등 여류 시인 일행이 있다. 조금 전까지 두런두런 말소리가 들렸다. 아직 잠들지 않았을 것이다. 그러건 말건 나는 함께 부르고 싶은 열망에 사로잡힌다.

별처럼 슬픈 찔레꽃, 달처럼 서러운 찔레꽃

찔레꽃 향기는 너무 슬퍼요

그래서 울었지, 목 놓아 울었지 …… 밤새워 울었지

속으로 노래를 따라 부르던 나는 별안간 가슴에 고이는 고독을, 슬픔을, 감동을 입안 가득 고인 침을 삼키듯 꾹 누른다. 저 양반들이 내일 아침이면 도대체 우리가 무슨 짓을 했지, 하면서 지난밤을 후회하는 시간을 가질 거라고 자위하면서.

"저 사막을 가다가 사람의 해골을 보게 되면 안심했다는 거야. 길을 옳게 찾았다고."

사성 형이 한 잔 마셨는지 트림을 하며 한마디 한다. 스마트폰에 저장된 노래가 한 바퀴를 돈 모양이다. 그 옛날 실크로드를 내왕했던 사람들을 생각할 것이다. 일연의 『삼국유사』에는 신라 때 최소 아홉 분의 승려가 인도로 떠났다고 했다. 바닷길로 간 분들도 있지만 대개는 이 실크로드를 따라갔을 것이다. 일연은 이분들을 '귀축제사歸竺諸師'라고 표현했던가. '갔으나 돌아오지 못한 순례자'라는 슬픈 뜻이다. 순례기『왕오천축국전』을 남긴 혜초는 「서번西蕃 가는 사신을 만나」라는 시에 그 고단한 여정을 이렇게 읊었다.

그대 서번이 멀다 한숨짓는가
나는 탄식하네, 동쪽 길 아득하여
길은 거칠고 설령雪嶺 높은데
험한 골짜기 물가에서 도적 떼 소리치네

새는 날아가다 벼랑 보고 놀라고

사람도 가다 길을 잃는 곳

한 생애 눈물 닦을 일 없더니

오늘은 천 갈래 쏟아지네

　해가 지기 전 나는 차창을 통해 불에 탄 자국처럼 검은 사막이 가없이 펼쳐진 걸 보았다. 세월과 바람에 시달려 형해로 변한 짐승들의 하얀 해골이 간간이 나뭇등걸처럼 드러나 있었다. 언젠가 아라비아 반도에 갔다가 그곳 죽음의 사막에서 살아 나온 사람을 만난 기억이 떠올랐다.

　"신기룬 줄 알면서도 속게 되데. 저 앞에 꼭 오아시스가 있는 것 같아 쫓아가 보면 허탕이었지. 하도 목이 말라 나중에는 손톱깎이로 손목의 동맥을 따서 빨아 먹었어. 그때부턴 잠을 못 잤어. 일행이 셋이니 둘이 힘을 합쳐 나를 잡아먹을 거라는 악몽에 시달렸지. 동료가 가장 무서웠어."

　그이는 자신이 겪은 고비들을 이렇게 전했다.

　형들이 다시 노래를 부른다. 〈찔레꽃〉이 좋다고 또 부른다. 볶은 콩들이 싹을 틔워보려고 모질음을 쓰는 것 같다. 정, 네 싹도 틔워줄게, 경철 형이 내게 꼬시는 말을 거는 듯하다.

　그때 누군가 우리 칸으로 문을 열고 들어오는 소리가

난다. 실내등이 켜지며 노랫소리가 수그러든다.

"영재 형은?"

효 형이 들어오는 사람에게 묻는다.

"너희들, 왜 그 착한 영재를 따돌렸냐?"

크고 분명하게 말하는 목소리가 상문 형임을 알려준다.

"내가 옛날에 선배님들 모시고 다닐 땐 죽는 줄 알았어. 그래도 다 했어."

대답을 기대하지 않았는지 상문 형이 이내 덧붙인다. 십중팔구 영재 형을 피해서 이 칸으로 도망 왔을 것이다.

새 힘이 충전된 선수가 등장했으니 술자리는 단연 활기를 띤다.

"그런데 정이는 어디 갔어?"

형도 나를 찾는다.

"야, 정! 왜 너만 자려고 해. 어서 내려와."

형이 큰 소리로 부른다. 이 틈에 내려가? 아냐. 나는 거칠게 도리질을 친다. 노랫소리가 다시 높아진다. 형들에게는 훗날 이 밤이 특별한 기억으로 남으리라. 그래서 저 금빛 찬란한 달을 다시 보면 떠나간 연인처럼 문득 못 견디게 그리워지리라. 여행이란 이처럼 일탈의 추억을 가슴속에 새기는 행위라고 했던가.

훈련소로 향하는 입영열차 같은 소란이 고비 사막을 휘젓는다. 그 옛날 누군가 목숨을 걸고 갔던 적막한 길이 몸을 뒤챈다.

"여정이 창창한데 그만 잡시다!"

내가 소리친다.

"재 안 자네. 어여 내려와. 사막에선 사막같이 놀아야
지."

상문 형이 남 놀 때 공부하는 사람 비웃듯 내 말을 받
는다. 노랫소리가 보란 듯 더 커진다. 여류 시인들의 칸
에서 쿵쿵 벽을 치는 소리가 들린다.